A rede da memória

Catalogação na Publicação (CIP)

A329
Albergaria, Lino de

A rede da memória / Lino de Albergaria. – Belo Horizonte: Quixote+Do, 2021.

114 p.; 15 x 21 cm

ISBN 978-65-86942-42-2

1. Conto. 2. Literatura brasileira. I. Albergaria, Lino de. II. Renato Cesar José de Souza (Ilustrador). III. Título.

CDD 869.93

Índices para catálogo sistemático:
I. Conto : Literatura brasileira
Janaina Ramos – Bibliotecária – CRB-8/9166

Nesta edição, respeitou-se o Acordo Ortográfico da Língua Portuguesa de 1990, que entrou em vigor no Brasil em 2009.

Revisão Luiz Morando
Ilustrações Renato Cesar José de Souza
Projeto gráfico e diagramação Caroline Gischewski
Supervisão Alencar Fráguas Perdigão
Coordenação editorial Luciana Tanure
Editor João Camilo de Oliveira Torres
Assistência editorial Sofia Rossi
Comercial Cláudia Masini
Tecnologia de informação Alessandro Guerra

QUIXOTE+DO EDITORAS ASSOCIADAS
Rua Alagoas, 1.270 – Sala 304 – Savassi
30.130-168 – Belo Horizonte – MG
editoraquixote@gmail.com – (31) 3141-1256

A rede da memória

Lino de Albergaria

Para Charles-Leslie Gay

Creiam-me, o menos mal é recordar.
Machado de Assis

Na memória, tudo é grato, até a desventura.
Jorge Luís Borges

A casa

Ainda existe no quarteirão renovado. Nasci e vim morar aí, mas não lembro como é por dentro. Meus primeiros retratos foram tomados junto à mureta da casa em frente, da qual tenho vaga lembrança.

Bebê indistinto, entre o irmão e a prima, somos ofuscados pelo único avô que conheci. De terno, colete, sisudo, distante.

Acaso

Não estava nos meus planos escrever para os mais jovens. O mar se abriu com o estágio numa revista. Depois, em Clamart, a biblioteca, observando as crianças e os livros que liam. A experiência conta na volta ao Brasil. Não deixo mais o barco. Navegar já não é acaso.

Açúcar

O irmão mais velho devorava grandes quantidades de sorvete. O do meio punha açúcar puro no pão com manteiga e sem miolo. Eu gostava de doce de leite e bala delícia. Dos três, o mais novo ficou diabético.

A escritora

Ela veio falar na cidade. Nunca tinha lido Clarice. Com mais dois colegas, faltei à aula no colégio.

Era linda nas revistas, mas apareceu com uma das mãos queimada. E a cicatriz numa face. Foi operada depois pelo doutor Pitanguy. Na televisão, recobrou seu aspecto normal. Já a fala, carregando nos erres, era igual.

Alheio

Quase não falava mais. À mesa, com a unha, tentava descolar o desenho impresso na toalha. Para onde seus pensamentos fugiam?

Avenida

Afonso Pena. Da rodoviária à serra do Curral. A Praça Sete no caminho, o obelisco que chamamos Pirulito. A entrada do Parque e dos teatros. Prédios de diversas épocas. Acaiaca, prefeitura, conservatório, correio. Retrato com os pais. De mãos dadas no passeio da igreja.

Basílica

Era uma construção pesada, fria, escura. Tempos depois, o milagre do bom artista. A mesma igreja, em Aparecida, paramentada de leveza e luz. Entre símbolos, imagens, elegância e delicadeza, os fiéis já não fogem da feiura.

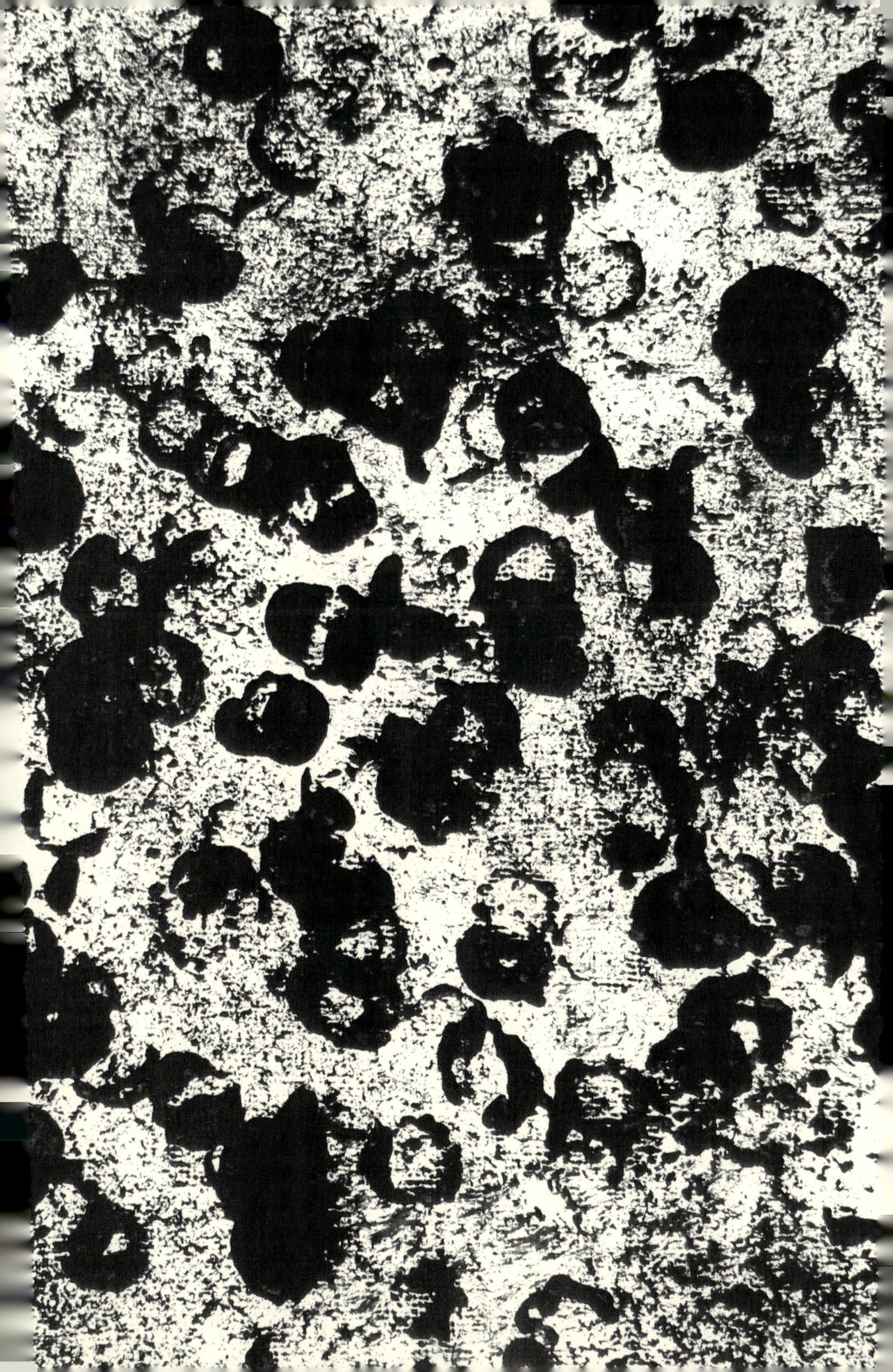

Carnaval

Quando pequeno, tinha medo da multidão na rua e dos mascarados. Das matinês no clube, só gostava das serpentinas vindo, coloridas, do teto ao chão.

Mas, em Lucerna, músicos sopravam seus metais na euforia dos foliões pelos degraus da praça. Canções em alemão, a neve caindo fina. Além da festa, Aliou e Brigitte me ensinaram o Senegal e a Suíça.

Caubói

Meu pai me entregava silhuetas de caubóis que ele desenhava e recortava. Não me interessavam muito os caubóis. Gostava mais de ver meu pai brincando.

Consumo

Pelas rotas da seda ou das especiarias caminham o lucro, a ganância, a doença e as guerras. No seu rastro crescem, além da opulência, a história, o pensamento, a ciência e a arte.

Conta-gotas

Chegada de carona à Bolívia. Panos coloridos secando entre pedras no Ganges a escorrer do Himalaia. Caminhada em Canoa Quebrada entre o penhasco e o mar. Mais além, as pessoas se banham nuas. Se for preciso, também fico.

Correio

A carta voltou. Justificativa do concierge no meu envelope. “Partiu em outubro de 1984”. Não entendi. Imaginei imprevista mudança. Sem mais notícias. Tentei me informar em dois consulados. Silêncio.

Quando apareceu a internet, a tardia informação. Nota de falecimento no Journal de Génève. Outubro, 1984.

Daime

No pátio de um jardim de infância, sentados em cadeirinhas que não foram feitas para nós. "Dai-me luz, dai-me amor". A bebida tão amarga. A noite ao relento caía fria. O corpo responde à baixa temperatura. E a visão da neve, das árvores secas e mortas. O mundo vai acabar no gelo. Quero o sol. Quero luz.

Declamadora

Por algum tempo, alugamos a casa na Rua São Romão. A proprietária morava ao lado. No meu aniversário, talvez de cinco anos, roubou a cena. Vestido de renda preta, flor de pano no decote. Rosa? Tulipa? Começou a declamar, não parava mais.

Egito

Queria entrar numa pirâmide. Não sabia que as três, na companhia da Esfinge, ficam na periferia do Cairo. Nem sonhei circular tão à vontade por um lugar improvável.

Retirado, no aeroporto, da fila dos estrangeiros.

– Egípcios, por aqui.

Em movimento

Adorava sapatear no chuveiro. Não me deixavam mais pular no colchão. No quintal, pouco ligava para o velocípede. Cavalgava sem parar no cabo solto de madeira. Ganhei para não estragar as vassouras.

Equilíbrio

Acontece quando me levanto, fica pior se eu me erguer depressa. Giram as paredes. Oscilo. As crises, felizmente, vêm a largos intervalos. Desconfio que a labirintite surge com os terremotos. Sobretudo, se ocorrem mais perto.

Escola

A escola tem o cheiro do couro da pasta. Lá dentro, as fichas recortadas do Livro de Lili. A menina do cartaz. A pergunta tola, tola: "Vocês gostam de doce?". No final da aula, as histórias contadas em capítulos. Para sempre esquecidas. Só Lili insiste: "Vocês gostam de doce?".

Escolhas

Magra, corcunda e risonha, a freira se dedicava a confortar os presos na penitenciária que meu pai dirigia. Bons católicos, tornaram-se amigos. Ela, invocando Cristo, preferia a companhia dos ladrões. Meu pai olhava com mais simpatia os que tinham matado só uma vez.

Espaço

Gagárin contou que a Terra era azul. Não tem como esquecer. O planeta, ao longe, parece tão sutil quanto o lençol de mar que o recobre. Espelho do céu, abraça a pedra dura de nossa casa.

Esperanto

Ideia sugestiva no plano das boas intenções. Mas as pessoas não se importam com tamanho entendimento. Aprendem uma língua geral por necessidade ou sobrevivência.

Não sei o que escrevi no colégio para ganhar o prêmio. Aparição relâmpago na TV. Lanche, depois, com outros jovens que dissertaram sobre esperanças inviáveis.

Estadual

Quando deixei a escola primária, pequena e familiar, me assustei com o novo colégio. Enorme, quantas turmas e alunos. Mais interessante a cada dia. Ao longo dos anos, o Colégio Estadual abriu minha cabeça. Apreço à liberdade, ao conhecimento, à tolerância.

Estrangeiro

O velho ao lado me diz para descer. Desde algum tempo, os nomes das estações só aparecem em hindi. Na bilheteria, a única pessoa que fala inglês. Outro trem só no dia seguinte. Um dedo me aponta o hotel. Vinte e quatro horas calado. Não entendo ninguém.

Falta

Como as lições não se completam, o aluno não alcança o todo. Nem o amante, humano e inábil, assimila o amor.

Frio

Para a enxaqueca acabar, ela deixou que lhe tirassem todos os dentes. Depois, de cama, sob cobertores, só tremia. Concluí, aos seis anos, que a morte era de gelo. Minha mãe sobreviveu. A enxaqueca idem.

Godot

Na praia, sozinho, olhava o mar como se esperasse por alguma coisa incerta. Atento ao movimento da água, à espuma.

Mas o que procurava já tinha ido. As ondas não voltam iguais.

Hipocampo

Sempre fui atraído pelos aquários. E lugares transparentes em que peixes se escondem ou em meneios se deslocam. Como o tanque no chão da loja de roupas infantis no centro da cidade.

Depois que o comércio migrou para a Savassi, entrava na outra loja para ver as paredes de vidro, a água e suas criaturas. Adorava os cavalos-marinhos.

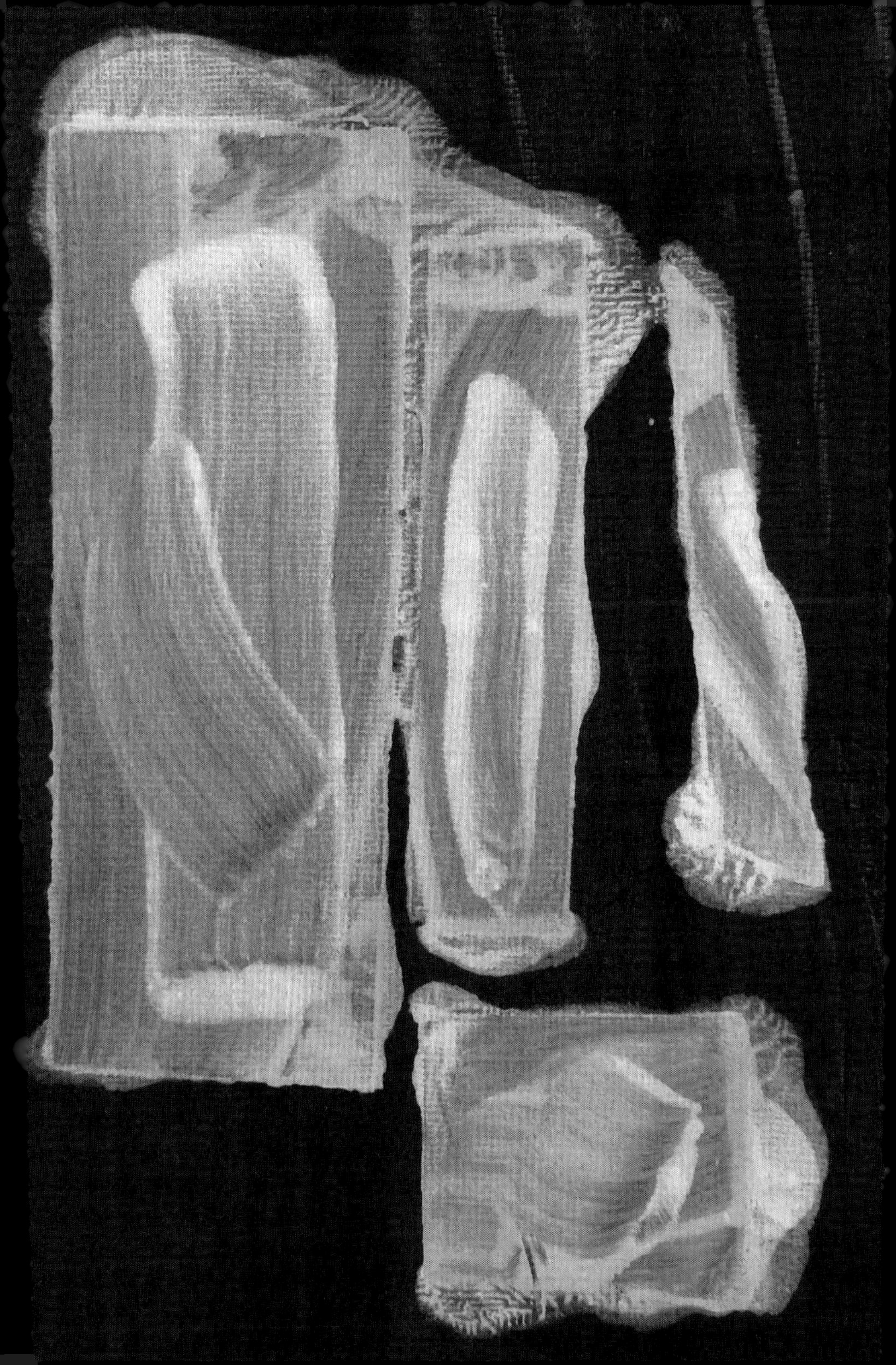

Imagens

Certos livros da biblioteca da escola eram escritos de um jeito estranho. Começavam pela fórmula "em tempos que já lá vão". As galinhas tinham pintainhos, e as moças eram raparigas. Mas as ilustrações não tinham como ser mais bonitas.

Inverno

As manhãs que ainda eram noite em Paris. No estágio, ocupava a mesa no canto da sala. Um dia percebi que eu a arrastava atrás do raio de sol que oscilava entre as paredes e o chão. Nos três anos estranhei aquele tempo. Num inverno decidi voltar.

Kodama

"Detesto Maria Kodama", havia dito a amiga uruguaia. Deveria saber mais do que eu sobre a herdeira de Borges.

Ao deixar o banheiro do Teatro Colón, reconheço a mulher no corredor. Segurava o braço de um cavalheiro alto, magro, de cavanhaque. Parecia feliz.

Lago

Raso nas beiradas, no meio profundo, o lago onde as lembranças dormem se move na lentidão de seus fluxos e marolas. Se chove forte, reage e transborda. Depois se recolhe, criando a praia seca que toma as margens. Até se dissolver na turvação que a névoa espalha.

Legião estrangeira

Quarenta graus em Déli. Os companheiros desertaram. Furtado nas minhas rupias.

No Taj Mahal, harmonia e sombra. Pelo caminho, viajantes também sozinhos. Estudante suíço, professora austríaca, freira alemã. De outro modo, não os conheceria.

Em Bombaim, madame francesa surpreende:

– Morrei em Governador Valadarres.

Leitor

No quintal, junto ao tanque, minha mãe falava com a lavadeira. Fui lá mostrar que tinha decifrado as palavras do gibi, ajudado pelos desenhos. Faltava escrever. Depois fui para a escola. Só usava letras maiúsculas. As mesmas dos balões.

Liberdade

Na nossa praça, as palmeiras e o coreto. Peixes vermelhos, no lago escuro.

Aos domingos encontrava amigos na feira, quando não ia ao concerto no Palácio das Artes.

Numa noite, bem antes, fui a um comício com a família. Ganhei uma bandeirinha com o escrito "JK 65". Pensei que ele voltaria, mas não.

Lugares

No farol da Patagônia, na sacada em Santorini, na janela do escritório. O mar. O vulcão adormecido. A árvore, todos os meus dias sozinha na serra.

Mães

Como podem ser cruéis as mães que não amam. Mesmo atabalhoado, o afeto da minha perdura e me basta.

Marco Aurélio

Meu colega reapareceu. Trabalhava na Receita. Antes, jogava xadrez e tinha, graças aos óculos, o apelido de Garrafa. Andou se envolvendo com o pessoal do Araguaia. Mas os tempos eram outros. Nós nos vimos nos nossos trabalhos. Na mesa dele, provocativa, a figura de Bin Laden. Então, de repente, ele se vai. Coração.

Maurício

Morava com o pai num hotel. Sem mãe. Um dia, o tal pai interrompeu a aula de latim. Falou para a classe que o filho não merecia nossa amizade. Detestei o velho.

Quando reencontrei Marco Aurélio, perguntei pelo Maurício. Sabia que tinha pirado. Não imaginava que se matou.

Menina

A menina Merência ficou muito inchada e não andava mais. À noite rezaram o terço no casebre de pau a pique. O enterro na roça com as pessoas a pé e o caixãozinho de pano branco.

Não

Trabalho temporário pelos setenta anos daquela editora. Ainda estudante. A tarefa, acompanhar escritora famosa em palestras e programas de televisão. Pioneira do feminismo, albina, enxergava pouco.

Tempos depois, encontro inesperado em São Paulo.

– Lembra de mim, Rose Marie?

Mal se detém. E se afasta, a resposta curtinha:

– Não.

No escuro

O escuro chamava, sem dar medo. Entre as sombras do escritório, debaixo da mesa, explorava a caverna secreta de Ali Babá. Também me escondia sob as camas. Disfarçado pela toalha da outra mesa, quebrei o jejum da primeira comunhão, sem resistir ao bombom proibido. Pequei?

Nomes

Hoje o humor dos belo-horizontinos seria silenciado. Na Esquina dos Aflitos, no Pau Comeu, no Buraco Quente ou pelos lados do Acaba Mundo podiam aparecer o Cintura Fina ou a Maria Tomba Homem. Dos tipos mais indiscretos, pude conhecer a Bijinha na minha vizinhança e, reinando no centro, a arruaceira Lambreta.

Notre-Dame

Quando entrei, não havia tantos turistas. Replicando os sons do órgão, a luz atravessava os vitrais e coloria o chão.

Numa Missa do Galo, a atriz de *Hiroshima, mon amour* leu palavras sobre o Natal.

Algumas décadas passadas, reencontro o rio e, em sua margem, tapumes escondem o templo, incendiado.

O bem e o mal

Os livros guardam histórias, esperanças e intrigas. Na imensa biblioteca, o cofre fechado de Pandora protege, no recôndito de suas páginas, o silente repouso da serpente.

O cobrador

Eu subia na jabuticabeira. A ponta amarrada em um galho, o barbante era a corda puxada pelo passageiro. O motorista, também imaginário, parava o carro e abria a porta.

Tiras de jornal entre os dedos, era eu quem distribuía o troco. De meu ônibus aéreo, fantasiava o futuro. O que vou ser quando for grande.

O convite

Eu me vi sozinho em Canoa Quebrada e não me importei. Pelo caminho, ia mesmo mudando de companhia. Eram quatro na turma que conheci.

Dois dias depois, a pergunta:

– Vamos para São Paulo?

Fiquei três anos naquela primeira vez.

O poeta

Não saberia abordar o poeta, à minha frente no correio de Copacabana. Eu não fazia parte de seu mundo.

Foi reconhecido. Ia segurando um formulário de telegrama. Tímido, não ficou à vontade com os olhares sobre ele. Incomodado, aceitou furar a fila.

Não resisti e, furtivo, espiei o formulário. "Cumprimentos ao casal de noivos".

Ouro Preto

Drummond fez sobre ela alguma poesia, mas Cecília ergueu o Romanceiro. Bruma e história. Muitos pintaram Ouro Preto. Guignard, só ele, disfarçou a cidade entre as nuvens e o céu.

Padres

Sempre me incomodaram os homens de batina preta. Por que, um dia na escola, tive de me ajoelhar na frente de um? O suplício se chamava confissão. Permaneci mudo. Tentou ser simpático, mas quis saber se eu roubava meus colegas ou falava mal deles. Não tive coragem de dizer "eu não peco". Assim não pôde punir meu orgulho.

Palimpsesto

Meu pai usava um lápis com duas pontas. Uma azul, outra vermelha. Ele deu para minha mãe um livro em espanhol, *La jaqueca*. A leitura, quem sabe, a libertaria das dores de cabeça.

Livro e lápis ao meu alcance. A história de um cachorro e um menino, rabiscada sobre as linhas impressas, se derrama da primeira à última página.

Paris, 1979

Não era de se supor tanta liberalidade num casal de árabes. Ele, tunisiano, me ofereceu amavelmente a mulher. Ela, argelina, não se fez de rogada e me propôs um novo jogo. Eu e seu companheiro, no hamam. Declinei dos presentes, tão generosos. Seguimos amigos. Acabariam se separando.

Pathé

Era um cinema de bairro. Nas matinês, a meninada corria a sessão inteira alheia à tela. Pega-pega nos corredores laterais.

Virou sala de arte. A noite americana. Cinema Paradiso. A rosa púrpura do Cairo, meu favorito. Quem passa pelo prédio desfigurado, mal se lembra. Pior, não sabe.

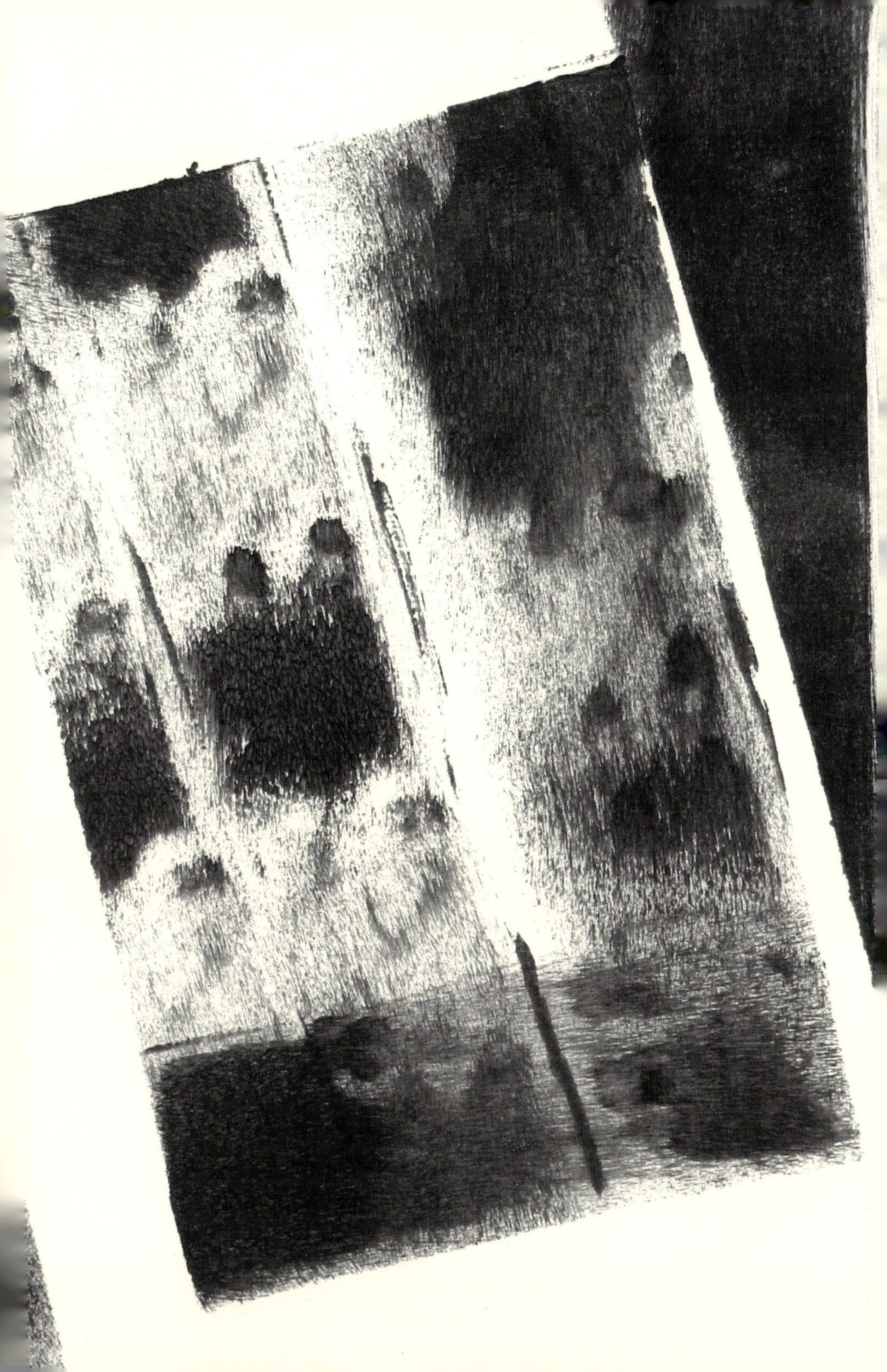

Plateia

No Palácio das Artes, que conheci com os concertos de domingo, veria, impressionado, *Macunaíma*.

No mesmo palco, Elis Regina, encarnando Nossa Senhora Aparecida, cantou a agoniante *Romaria*.

No Francisco Nunes, tão perto, a surpresa de *Hair*.

Presente

Leitores gostam de presentear. Crianças, especialmente. O melhor que ganhei, a caixa com os papéis quadrados e soltos. Sem cola nas margens, não servem para afixar lembretes. Uso para não esquecer meus pensamentos. Felizmente, anda longe de acabar.

Poeira

A loja de brinquedos velhos em Paris não é limpa há séculos. Bonecas encardidas de roupinhas remendadas, comboios com seus vagões amassados. Dolentes e suaves assombrações. Companhia de crianças que há muito desapareceram. Por que paro e olho a vitrine?

Revelações

Depois de ter visto *Hair*, sentindo que um mundo novo vinha até mim, assisti *Macunaíma*.

Conhecia o livro e o filme. Duas experiências imensas. Mas, no teatro, a encenação desabusada e cativante se apoderou de olhos e ouvido desprevenidos.

Retratos

Mário Quintana e Cora Coralina comandam a fala de um tempo velho e desconcertante. Rastros despretensiosos e finos de apurada humanidade.

Rufina

A madrasta de minha cunhada. Tinha sido a miss de seu estado. A pintura, seu retrato de corpo inteiro, emoldurada pela escada. Na época, as taças de champanhe eram arredondadas e rasas. Ela, fora do quadro, me ofereceu a primeira. Aprendi o gosto, maravilhado com bolhas e espuma. Mais bonito que Sonrisal. Doce mar dourado.

Russo

Não sei onde a irmã de meu pai arrumou o marido nem como ele apareceu por aqui. Ouvi dizer que lutou ao lado dos russos brancos. Minha mãe não simpatizava com o homem que me intrigava. Um ruivo já murcho. Pena não se importar com crianças.

São José

Só a via bege ou acinzentada. Colorida por dentro, quase uma Capela Sistina. Marcas da maçonaria disfarçadas por todas as paredes. A reforma nos surpreende. Cores bem fortes na fachada da igreja. Não pode ser. Um postal antigo confirma. Era assim mesmo. Alguém um dia mandou apagar.

Sonhos

Quando pequeno, o sonho se repetia. Escorregava na ladeira antes de chegar ao alto. Passei, com o tempo, a me perder no caminho, sem achar minha casa. Acontece ainda.

Sorteio

A última vez que encontrei o avô sisudo. Já não falava, na cama de hospital armada em casa.

Na igreja, vi, depois, meu xará deitado entre velas compridas.

Os netos chamados ao escritório. Papéis em uma lata de biscoitos com os nomes dos parentes e das coisas da casa. Penso no piano, na sala fechada.

Suzana

Na entrevista com a diretora, a professora também estava. Eu a olhei de lado. Os meninos usavam calças curtas, as mulheres saias pelos tornozelos.

Sou o menor, talvez o mais novo. Saída para o recreio. O abraço de surpresa. Marca de batom no meu rosto!

Não beijou mais ninguém. "Ela me ama". Só pode.

Tarô

A taróloga, indisposta, me atendeu de cama. Embaralhei, cortei e puxei as cartas, sentado na cadeira ao lado. Tudo parecia descabido, íntimo, estranho.

Ela me percebeu como jamais eu me tinha visto.

– Escritor, hein?

Ainda comentaria: "As diretas não vão passar, mas teremos uma constituinte".

Como assim?

Teia

Na manhã ainda fria, a teia é menos pegajosa. Gotas de orvalho refletem o sol na dissimulada armadilha.

Tios

Neném Lisboa me punha debaixo do braço e me chamava de Pacote. Erguido por ele, meus dedinhos mexiam nos botões do rádio.

Tio Newton fumava charuto e tinha uma baratinha. Fui com ele trabalhar. Era médico da Leopodina. Atendia os funcionários da ferrovia. Na baratinha atravessei minha primeira fronteira. De Muriaé a Porciúncula.

Vazios

Quando a casa nova ficou pronta, fiquei à espera de que enchessem o laguinho na entrada, atrás do jardim. Sonhava com os peixes que não apareceram. De pedras, no formato de uma ameba, que era moda, ficou vazio para sempre.

Em compensação, no quintal, Duquesa nunca ocupou a casa de cimento feita para ela. Devia ser muito fria.

Vermelho Velho

Com treze anos fui a cavalo de Cornélio Alves a Vermelho Velho. Casarões, ruínas, a farmácia do avô que não conheci.

Voltei adulto, de carro. Cornélio Alves sem o trem e a estação.

De Vermelho Velho resta o nome mais reverberante de Minas. Na vila que se dissolveu nasceu meu pai.

Fora o cemitério, sobraram árvores e o verde.

Vertigem

Sensação estranha no elevador do Acaiaca para ir ao dentista. Uma tarde subi ao último andar. No estúdio da emissora, entre outros estudantes, para receber o prêmio por uma redação.

A rapidez de outro elevador me fez sentir vertigem igual. Única vez em Nova York. Das alturas das Torres Gêmeas, a paisagem gelada.

Volpi

Quando ia trabalhar na rua Lavapés, passava pela Baixada do Glicério. Numa casinha velha, morava o pintor. Nunca veio à janela. Não pude espiar lá dentro. Só imaginava uma infindável noite de São João.

O microconto como "ilhas" da memória em Lino de Albergaria

Rauer[1]

Se o gênero romance é desde sempre um continente proteico, a novela é um arquipélago multifacetado e o conto se perfaz como ilha, cada qual com sua paisagem, sem paralelo em nenhuma outra. O conto, na sua variedade infinita, é único, específico, reinventando-se incessantemente a cada ponto final da narrativa que o constrói. Em outros termos, o romance é um todo homogêneo que busca ter em si a totalidade da vida, a novela se erige pelas diversas redes internas de mundos

1 Rauer Ribeiro Rodrigues é escritor, com oito livros individuais de ficção publicados e a organização ou edição de dezenas de outros. Doutor em Estudos Literários pela UNESP, com pós-doutorado em Literatura Comparada pela UERJ, é professor de literatura brasileira na graduação e na pós-graduação da UFMS.

díspares que colaciona, e o conto representa universo fechado e único.

Nesse paralelo, o microconto surge agora como gênero autônomo para além de subgênero derivado do conto como pareceria em um primeiro momento. A exigência de síntese, de rapidez e de instantaneidade, marcas de tempos digitais, em que o todo se dá como significado no átimo binário das comunicações quânticas, faz do microconto muito mais do que a redução a um mínimo narrativo.

O microconto não é, pois, dando sequência à metáfora do conto como uma ilha, uma ilhota ou um recorte mínimo na paisagem do conto. Para além de tal paralelo, o microconto é um ponto – um *punctum* – que contém em si da imagem completa da explosão inicial que criou o universo a hodierno retrato da mundividência do humano *hic et nunc*.

Em síntese, o microconto é proteico, total, multifacetado, neural, específico, em simultâneo fechado e aberto, um arco-íris em fractal multiforme e único, experimental e imerso na tradição, alexandrino e seminal.

Peço licença para, no quadro delineado, retomar definições que fiz já há dez anos e que se mostram pertinentes para a leitura dos microcontos de excepcional fatura de Lino de Albergaria constantes do volume *A rede da memória*:

> "O microconto é a fronteira da expressão literária, no limes entre poesia e prosa, entre épica e elipse, entre a rigidez do amor e a sinfonia atonal.";
> "todo microconto persegue um enredo forjando uma atmosfera" (Rauer). [2]

No caso dos microcontos de Lino de Albergaria, temos, no conjunto de microcontos do livro, a memória do silêncio a evocar a alma, a tratar do tempo outonal da morte e da eterna ressurreição do homem construído e reconstruído pela arte literária.

Algo da perspectiva que anima os microcontos de Lino (tratando-o com a familiaridade que o texto literário nos dá com os autores cuja obra passamos a amar) está textualizado em passagens do romance O *homem delicado*,

2 Republicação mais recente em « editorapangeia.com.br/a-arte-de-escrever-5-29-aforismos-sobre-o-microconto/ », acesso em 16 de maio de 2020.

lançado em 2019.[3] Trata-se de narrativa na tópica intimista que gerou alguns dos mais memoráveis momentos da literatura mineira, na esteira, por exemplo, de *O amanuense Belmiro*, de Cyro dos Anjos.

Eis a voz de Lauro, o narrador-protagonista do romance: "Vozes escapam de épocas diferentes" (p. 16); "chegar ao silêncio é impossível, [...] impossível lutar contra os pensamentos" (p. 112) – noções que são ecoadas por Isabel, coprotagonista também narradora: "sempre olhando para dentro" (p. 140); "a gente pode inventar lembranças" (p. 145); "uma imagem se [sobrepõe] às outras, pescadas do lodo [da] memória" (p. 196).

Escrever é, pois, conjugar vozes, buscando no silêncio do pensamento mais interior do sujeito lembranças inventadas, buscadas em pantanosa memória.

Assim surgem os microcontos de Lino desde o título do livro, em que o conteúdo do arquivo mental do arquinarrador conduz os narradores e evoca as personagens que se movem em texto intimista, de delicada tessitura, a forjar neural rede rizomática de referências internas

3 ALBERGARIA, Lino de. *O homem delicado*. Belo Horizonte: Quixote+Do, 2019.

e externas, em aparência a contrapelo da urgência que urgem nos microcontos em geral.

(Perdoa-me, leitor, eventuais redundâncias).

Entre recordações e desventuras, o narrador colhe impressões, constrói o abecedário da existência – e a Belo Horizonte do menino se coalesce com outras geografias, definindo a identidade do narrador em simbiose com o referente histórico. A poesia do tempo cobre com o pó da memória o manto diáfano do texto, ficcionaliza o real, constrói a narrativa na clave íntima de pequenas surpresas cotidianas, forja o conhecimento do mundo pela ótica de sucessivas descobertas, de iluminações quase epifânicas, cuja transcendência é dada pela cosmopolita suavidade do existir provinciano.

Sim, os microcontos constroem de pequenos paradoxos a microscópicos oxímoros, imperceptíveis quase sempre, pois matizados pela mineiridade, pela acomodação das diferenças na coexistência social em que a máxima hobbesiana ou a premissa rousseaueana constituem a sociedade, mas são suplantadas pela índole civilizatória da convivência.

Escuso-me de mencionar microcontos que explicitem as afirmações – elas estão aqui ou ali, pontuam frases, contextos, se depreendem tanto de uma narrativa como de conjuntos aleatórios de textos.

Os microcontos de Lino são microcontos que perfazem, a cada um deles, o mínimo, a rede e a totalidade: o livro se constitui como ilhas de um imenso continente, ilhas que contêm em si o sal que dá o sabor do oceano em qualquer lugar que se lhe experimente o gosto.

Reponta nos interstícios dos microcontos a mesma suavidade do romance *O homem delicado*, a sutileza de um "lençol de mar que [...] recobre" o planeta, que é "[e]spelho do céu", que faz contraponto à casa do narrador, que é, em oposição, "pedra dura".

O microconto "Lago" apresenta, em três linhas, o todo, o cosmos, a metáfora, a delicadeza, o ser na vida bruta, agasalhado na proteção da casa, minúsculo abrigo diante do universo. As faltas, os silêncios e as elipses indiciam que o microconto contém em si, como uma única lágrima, todas as dores da existência humana.

Assim, o microconto deste A *rede da memória* se estabelece no limes que medeia poesia e prosa, traz em si sopro épico construído entre elipses que cantam o amor, constroem a sinfonia do humano ainda que soe somente uma única nota atonal. Perfaz um indício de enredo constituindo uma atmosfera, evoca uma ambiência no traço de espaço definido por descrição que se especifica pelo inespecífico, pela abrangência de um todo que se particulariza.

E se assim o espaço é delineado, o tempo tem diapasão similar. Faz-se pela memória em ziguezague, um palimpsesto em caleidoscópio, um rememorar que pode ser raso, mas tem suas profundidades, pode dormir ou mover-se na lentidão de "fluxos e marolas", pode transbordar, pode secar, pode "[a]té se dissolver na turvação que a névoa espalha" – e assim se fecha, no mistério insinuado, na ambivalência do espaço que se amalgama ao significado, o microconto, conteúdo e forma.

Há, pois, uma obra em fluxo, as constantes do ficcionista se mantêm, e os microcontos, mesmo se os considerarmos exemplos de autoficção, também são autorreflexivos. Retomemos o romance para um último exemplo desse diálogo interno da obra de Albergaria.

"A ilha" (p. 60-62) e "O desenho do leque" (p. 55-56), capítulos de *O homem delicado*, são metáforas do modo de escrever e constituir os gêneros literários tal como os definimos no início desses apontamentos. Para os narradores do romance, a "fantasia" de escrever se constitui "um híbrido de imaginação e restos da realidade" (p. 187). O leque, no movimento de abrir e fechar, recorta detalhes da representação pictórica do real, que são como pequenas ilhas perdidas no meio do oceano.

As sete dezenas de microcontos com que Lino de Albergaria ingressa no gênero de modo maiúsculo, neste seu *A rede da memória*, são fótons, quarks, fractais, *punctum* do arco-íris humano captados na invenção intimista e memorialística que, por outro lado, desde logo constitui uma face nova, inventiva, surpreendente e definitiva no já amplo espectro do microconto brasileiro contemporâneo.

Sobre os autores

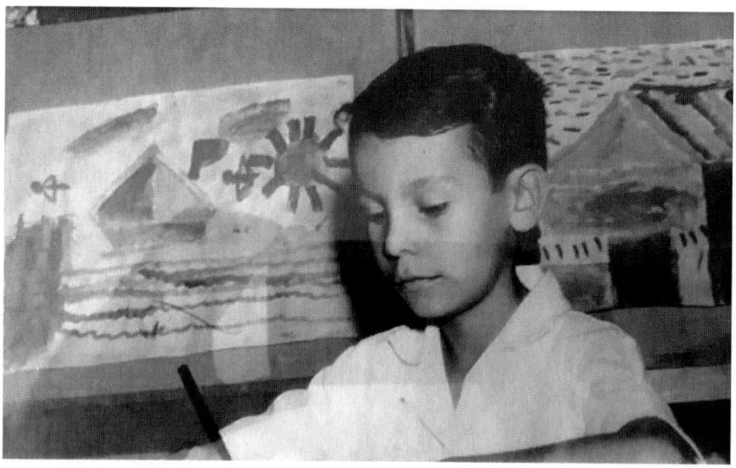

Lino de Albergaria, autor de romances, crônicas e de uma vasta obra para jovens leitores, experimenta o caminho autoficcional em *A rede da memória.* O exercício com que reexamina sua trajetória, vivida em sua Belo Horizonte natal, em viagens ou nas cidades em que morou – Paris, São Paulo e Rio –, une reflexão e sensibilidade, revivendo uma época e a experiência de sua geração na forma concisa do microconto.

Criar imagens para ilustrar *A rede da memória*, de Lino de Albergaria, foi um desafio e uma promessa. Desafio de entender de redes e de memórias. Promessa de tentar refazer com imagens o que as palavras me diziam. Ou me lembravam.

As palavras de Lino de Albergaria me fizeram perceber que tratavam das memórias que lhe criaram imagens a que poderia sempre recorrer. Memórias como borrões de cores ou uma explosão de sentimentos, quase apagados pelas lembranças que aparecem nítidas e recortadas em um fundo de sonhos e no desejo das palavras.

Minha mão seguiu retas, curvas, sinais e borrões. O desenho seguiu o desejo e o passaporte ficou pronto para a viagem.

Cada imagem foi construção, arquitetura de tentar valorizar a palavra, o verbo. E o meu desenho foi o desejo de embaralhar as cartas para um próximo livro de Lino de Albergaria.

Renato Cesar José de Souza é arquiteto, pesquisador, especialista em Patrimônio Cultural e artista plástico.

1ª edição [2021]

#tudocomeçanalivraria #quixotedo2021 #arededa memória